당신의
아날로그가 되는
상상을 합니다.

당신의 아날로그가 되는 상상을 합니다

발행	2020년 08월 05일
저자	정기영
펴낸이	한건희
펴낸곳	주식회사 부크크
출판사등록	2014. 07. 15(제2014-16호)
주소	서울특별시 금천구 가산디지털1로 119 A동 305호
전화	1670-8316
E-mail	info@bookk.co.kr
ISBN	979-11-372-1418-7

www.bookk.co.kr

당신의 아날로그가 되는 상상을 합니다

정기영 지음

BOOKK

여는 글
─────────

안녕하세요, 정기영입니다.

이런 곳에서 마주한 걸 보니, 얼굴을 보며 인사를 건네는 게 아닌, 그저 글자로만 당신의 안부를 묻는 걸 보니 정말 저의 첫 책이 나오긴 했나 봅니다.

2018년 한 해를 휴학하며 깨달은 생각 중 하나는, 당장 내일이라도 죽을 수 있겠구나, 하는 것이었습니다. '사고'의 사전적 의미가 그렇습니다. 뜻밖에 일어난 불행한 일. 누구나 사고의 위험성을 항상 가지고 있고, 오죽하면 '당장 내일 죽는다면 오늘 어떤 일을 하실 건가요?'같은 물음이 생겨날 정도니까요. 그러다 보니 '하고 싶은 일, 좋아하는 일을 꾸준히 하고, 보고 싶은 사람을 자주 만나며 살아가자'라는 마음가짐으로 살아가게 된 것 같습니다.

그렇게 시작하게 된 것이 바로 '내 이름으로 된 책 만들기'였습니다. 거창하게 말해 책이지만 평소 제가 손 글씨로 옮겨놓는 습작의 노트 한 권을 인쇄 버전으로 만든 것이라 생각해주시면 되겠습니다. 햇수로 3년 가까이 써온 글의 일부를 엮어 만든 책이라, 에세이집보단 산문집에 훨씬 가깝습니다. 쉽게 말해 '정기영 일기장'정도가 되겠어요. 글 쓰는 방법, 글쓰기 강의를 들어본 적 없이 무작정 읽고 쓰기 시작하다 보니 여러모로 많이 부족합니다. 그럼에도 책에 관심을 가져주신 것 깊숙이 감사드립니다.

저의 첫 책, '당신의 아날로그가 되는 상상을 합니다'는 프로젝트 시작부터 판매를 위해 만든 책이 아닙니다. 애초에 나 하나 좋자고 나 하나 괜찮은 사람 되자고 시작한 프로젝트니까요.
이 책을 소장하고 계신 분들은 모두 제 연락처를 가지고 계신 분들이겠지요. 그러니 언제든 편하게 연락 주세요. 기다리고 있겠습니다.

제 마음의 조각들이 당신에게 아주 작은 온기라도 가져다줄 수 있길 바랍니다.
읽힐 수 있어 영광입니다.
사랑합니다. 사랑해요.

2019년 겨울
12월에 정기영 모심

차례

외할아버지

어제는 어버이날이었습니다.

제가 태어나고 얼마 되지 않은 날부터 초등학교에 입학하기 전까지 절 키워주신 당신을, 저의 두 번째 부모님이라고 생각하며 지내고 있습니다. 그래서 그랬던 것일까요, 하루가 늦었습니다. 당신의 딸을 먼저 챙기느라 하루 늦은 날에 찾아뵙게 되었습니다.

이곳은 여전한가요. 당신께서 바라보는 풍경이, 햇볕이 내리쬐는 방향이, 가끔 오고 가는 노루와 산토끼가, 제가 당신을 찾아뵐 때마다 앉는 자리 같은 것들이요. 지금도 곁에서 이야기를 들어주시는 거라면 이 자리에 내리는 햇볕만큼은 가릴 정도의 작은 나무 한 그루 정돈 만들어주시는 게 어떠실까요. 오늘도 700번 버스의 종점에서 내려 숨 가쁘게 걸어왔더니 땀을 조금 흘러버렸는걸요. 당신의 외손자는 늘 그렇듯 더위를 많이 탑니다.

당신께는 교복 입은 모습 한 번을 보여드리지 못한 제가, 이제는 이곳을 찾을 때면 담배를 사곤 합니다. 초등학생 남짓한 어린 기억에도 당신께선 술을 좋아하시진 않으셨으니까요.

이따금 당신께서 태워주시던 자전거 안장 밑 작은 손잡이가 그립습니다. 요즘처럼 세련되고 기능 좋은 자전거가 아닌, 손잡이가 넓은 U자형으로 된 '할아버지 자전거'가요. 자기 전 우유와 요구르트를 섞어주시던 것이 생각나 한 번씩 만들어 먹어보기도 하지만 당연하게도 그때의 그 맛은 나질 않더라고요. 어렸던 저를 위해 당신이 쓰시던 문손잡이 밑에 달아주신 작은 임시 손잡이도 여전히 잘 붙어있습니다. 이제는 제가 아닌 5살 먹은 제 여동생이자 당신의 외손녀가 사용하고 있지만요.

당신이 세상을 떠나신 지도 벌써 11년이나 흘렀습니다. 당신께서 이곳에 묻히던 순간에, 장례식장에 수많은 사람들이 다녀가던 그 순간에 제가 그만큼 어린놈이지 않았다면, 죽음이라는 것을 조금 더 생생하게 느낄 수 있을 만큼만이라도 성장했었다면 저도 그곳에서 울어버릴 수 있었을까요. 당신과 멀어지던 순간에 눈물을 흘리지 못했다는 것이 제겐 한으로 남아있습니다.

당신이 계시는 곳은 당신이 주무시던 온돌방처럼 따뜻하신가요. 그렇다면 먼 훗날 제가 가는 날까지 그곳을 데워주셨으면 좋겠습니다.
언제나 그리움은 기다리는 사람의 몫이랍니다. 다시는 볼 수 없는 당신을 향한 목적 없는 그리움만 남게 되었습니다. 절대 충족시킬 수 없는 그리움을 평생 안고 살아가겠습니다. 지금까지 그래왔듯이 언제까지나 그곳에 계셔주세요.

무제

묻고 싶은 게 많아서 당신이겠다.

이름

'야'보다는 '정기영', 그보다는 '기영이', '영아'라고 불리는 걸 좋아합니다. 눈만 오래 마주치고 있어도 자주 싸웠던 시절에 '정기'라서 '전깃줄'이라 불렸고, '기영'이라서 '이기영'이라 불리기도 했지만 싫어했던 적은 딱히 없었달까요, 내 이름.

22년을 살면서 '기영'이라는 이름을 가진 사람을 잠시나마 딱 한 명 알고 지냈지만 어딘가 흔한 이름이 아닐까 생각합니다. 이따금 TV에서 볼 수 있었던 애니메이션 때문일까요. 아마도 그렇겠습니다. 네, 당신이 지금 생각하시는 뾰족 머리를 한 그 친구 말이에요. '땡구'라는 흰 강아지를 키우는 그 친구. 덕분에 '지영'이라고 잘못 알아들으시는 어른들께는 '검정 고무신에 나오는 기영이요, 기영이.'하곤 했는데 그때마다 '기철'이라는 없던 형이 생기곤 했습니다.

이름을 마무리 짓는 세 번째 글자에 받침이 있어 다행이라 생각합니다. 한 글자로도 불릴 수가 있거든요. '영'. 그렇게 불리는 걸 제일 사랑합니다. 저 역시 사랑하는 사람들을 자주 한 글자로 부르고 싶어 하거든요. 얼마나 아껴주려 그러는지, 저는 벌써 조금 웃어버렸는걸요. 이렇게 저는 이 밤에도 당신들의 생각으로 지긋이 웃을 준비를 하는 거예요.

낯 뜨거운 말을 못 하는 체질이라 비겁하지만 글로 대신하겠습니
다.
당신들과 닮게 닮게 함께 살아가고 싶습니다.
우리, 괜찮다면 이번 주말에는 같이 바다에 가보는 것도 좋겠습니
다.

우산

언젠가 당신을 만났던 날, 그날은 부산에 소나기가 내렸습니다. 당신의 퇴근 시간에 갑작스럽게 내린 비 때문에 우린 근처 카페로 향할 수밖에 없었고, 그곳에서 하루라도 더 빨리 남보다는 연인으로 있고 싶다던 제 물음에 '그럼 우산은 한 개만 사자.'며 여린 고개를 끄덕였던 당신 기억이 납니다.

그 우산은, 편의점에서 흔히 볼 수 있는 6000원짜리 검은색 일회용 우산은 '일회용'이라는 단어에 어울리지 않게 1년하고도 2개월이나 더 쓰였습니다.

해가 바뀌고 그날의 소나기가 아닌 또 한 번의 여름 장마철이 왔고, 저는 가방에 넣어 다닐 정도의 작은 우산이 아니라 홀로 왼손을 독차지할만한 그 우산을 챙겨 다녔습니다. 빌려줬던 친구가 잃어버리지 않았더라면 내일도 집을 나서며 챙길 수 있었겠습니다. 그렇게 우산이 없어지고 나서야 한 번 더 생각이 나주셨더라고요. 기억 언저리에 '우산도 있었구나.'하고 말이에요. 그렇게 하나씩 지워져가는 건가 봅니다. 제가 떠올릴 수 있는 것만이 아닌, 문득 생각나는 우산 같은 추억들이요.

저는 지금을 살면서도 지난 시간에 마음을 두는 일이 잦습니다. 당신이 좋아하던 광안리를 홀로 걸으며 마음 다해 빌어봅니다.

'보고 싶은 마음은 정말 크지만, 우리 다시는 닿지 않기로 해요.'

이 말은 사실, 누구보다 열렬히 당신을 사랑했다는 말이겠습니다.
당신은 제 평생이 될 만큼 아름다운 사람이었으니 저를 떠나도
사랑받아야만 합니다.

무제2

나는

적어도 이 이름으로 불리는 나는

나를 사람으로 살 수 있게 해주는 사람들을 생각해요

무제3

당사자께서 글의 주인공이 자신인 걸 알게 된다면 기분이 어떠실
까요.
어떤 사연 같은 것으로 남아 추억이라 생각하실까요,
참 구질구질하다며 진절 머리 나실까요.
매일 밤 볼펜을 끄적이면서도 내보이지 못한 마음들이 여전히 공
책 속을 맴돌고 있습니다.

카페 암실

아끼는 공간이 오늘 사라졌다.

'서울 고속버스 터미널에 내린 뒤에 건대 입구로, 그 다음은 성수 사거리 방향, 저기 보이는 주유소 근처라고 했는데..'라며 홀로 휴대폰 속 지도를 몇 번이나 되새기며 찾았던 장소, 카페 암실.

포항에서 서울까지는 4시간, 집에서 카페 암실까지는 5시간을 충분히 넘는 거리를 오직 '가고 싶은 마음' 하나만 갖고 다녀오기도 했었다. 이젠 서울에 갈 일이 있다는 지인들에겐 추천해보기도 하고, 나름대로 자신 있게 거닐던 길이었는데 오늘로 끝이란다.

아직 김상현 작가님과 박근호 작가님은 뵙지도 못했는데. 다음 달에 김해찬 작가님이랑 암실에서 다시 만나기로 약속까지 했는데. 이정현 작가님께서 신간 사인회를 대구에서 하셨을 때, '우리 다음 만남은 서울이겠죠?'하며 농담까지 했는데. 여전히 오휘명 작가님의 명함은 흠집 하나 없이 잘 보관하고 있는데 말이다.

작가님들 신간이 나오면 어디로 찾아뵐지 아쉬울 따름이다. 계속해서 사인 받을 수 있으려나.

늘 그 자리에 있어주셔서 감사했습니다.
기억해주시는 당신이 있어 하루를 따뜻하게 살아요.

AM 02:00

새벽 2시를 조금 넘긴 시간, 이 순간만 되면 늘 생각나는 사람이 한 명 있습니다. 언젠가 헤어진 연인이냐고요? 음, 굳이 따지자면 이 분은 저 혼자 짝사랑 했던 사람이라고 소개하는 것이 더 맞는 표현이겠습니다. 흔히들 있지 않나요, 혼자 멋대로 마음에 품고, 머릿속에서 한 번쯤은 연애 소설을 써보기도 하고, 마지막의 마지막까지 마음을 전하지도 못한 채 혼자 이별하는 그런 사랑 말입니다. 이렇게 곰곰이 생각하고 있자니 그분 코끝에 내리는 희미한 선이 눈앞에 그려집니다.

아아, 그래. 왜 하필 새벽 2시인가 하면요. 그러니까 저는 잠이 많아서요. 이게 또 무슨 소리인가 하면요. 요즘은 부쩍 불면증에 시달려 해가 뜰 때까지 몸을 뒤척이다 기절하는 날이 많지만, 홀로 학교 앞에서 자취생활을 하던 때에는 정말 잠 하나만큼은 끝내주게 잘 자던 시기가 있었습니다. 특별한 약속이 없으면 주말은 하루 절반 이상을 오로지 잠만 잘 수 있던 나만의 기념일이었거든요. 정말 잠 하나만큼은 잘 잤습니다.

그런데 이상하잖아요. 그날따라 새벽 2시가 조금 넘은 시간에, 평소 같았으면 푹 자고 있을 시간에 눈이 떠졌습니다. 몸을 뒤척이며 자리에서 일어난 것이 아닌, 자세 그대로 눈만 스르륵하며 떠졌어요. 머리맡에 놓아둔 휴대폰조차 무음이었는데 말이죠. 습관적으로 시간을 확인하려 휴대폰을 켜보니 당신 이름으로 부재중 전화가 한통 남겨져있었습니다. 차마 입 밖으로 마음이 새어나갈까 무작정 전화를 걸기에는 용기가 부족했나 봅니다.

기억나실까요, 지금은 가장 익숙한 것이 돼버린 일 때문에 걱정과 불안에 떨었던 순간 말이에요. 다음 날엔 비가 내렸고, 저는 당연하게도(?) 늦잠을 자버려 1교시 강의가 끝날 때쯤 강의실에 들어갔습니다. '이럴 거면 깨워달라고 말을 하지.'라며 빗물을 털어주시던 모습도 생생하네요.

지금은 새로운 일자리를 구하셨을까요. 덥기로 유명한 지역에서 보내는 여름은 괜찮으신가요. 어제 새벽 2시에는 어떠셨을까요. 혹 그때의 울분이 가시고 없으시다면 괜찮아졌다며 뜬금없는 연락을 주셔도 좋겠습니다. 이젠 잘 지내고 계신 거라고 생각할 수 있도록 말이에요. 언젠가 다시 만날 수 있을까요? 그렇게 되면 좋겠습니다. 맛있는 음식 먹으러 가자고, 아니면 당신이 능숙하게 내려주시는 커피 맛이 궁금하다며 엉뚱하게 치근덕거리고 싶거든요. 저의 첫 에스프레소는 당신의 손길을 거쳤으면 좋겠다는 말입니다.

저는 그런 시답잖은 이야기를 당신과 나누는 것이 좋은 사람입니다. 그래요, 이리저리 돌려 말해서 답답하게 들리겠지만, 이게 나만의 방법인걸요. 만나고 싶다고요. 번화가 어디쯤의 맛집에 관심을 보이신다면, 당신과 함께인 저는 사람 많은 곳을 좋아하는 사람이 될 수도 있겠습니다. 오늘 입은 옷이 유난히 잘 어울린다며, 아무렇지 않게 툭툭 마음을 건네며 자주 사심을 품고 싶습니다.

바라는 일

당신이 행복했으면 좋겠습니다.
아프지 마세요, 몸도 마음도.

계절의 냄새

완연한 가을이 오면 향긋한 허브티를 두어 잔 준비해야지. 해가
지면 사람 하나 간신히 품을만한 가디건을 챙겨 거리로 나가볼까.
이른 찬바람이 불었으면 좋겠다. 그동안 들고 다닌 가디건을 입혀
주며, 혹 당신이 추위에 떨까 봐 챙겨 나온 거라고. 그리고 오가는
사람들 속에서 살포시 웃어야지.

갑작스러운 밤바람에 몸을 부르르 떨면서도, 어쩌면 나 계절의 냄
새를 잘 맡는 것 같다고, 그렇게 당신의 가을을 먼저 챙겨야지.

가디건을 입은 당신의 모습 그러면 되겠다.

겨울에는 36.5도의 손난로 같은 것도 쥐어줄 수 있겠다.

당신이 날 예뻐해 준다면, 그거 하나면 되겠다.

사랑이겠다.

임산부석

육안으로 봤을 때 배가 나오신 임산부 분들만 양보를 받아야 하는 게 아닙니다.

겉으론 알아볼 수 없는 임신 초기 임산부들을 위해서 임산부용 좌석은 늘 비워놓아야 합니다.

더불어 임산부 배지를 가방이나 목에 걸고 계신 분이 보이면 적극적으로 양보해드리는 것이 좋겠습니다.

너무도 답답해서 적습니다.

외할아버지2

가을이래, 가을, 할아버지.

아무리 할아버지가 좋아하는 것들이지만 매번 같은 종류의 커피와 담배만 가져올 순 없어서 오늘은 하나 더 챙겨 왔어. 여기 올 때마다 주섬주섬 꺼내고 다시 가져가야 하는 것들뿐이라 이번엔 놓고 갈만한 게 없을까 싶어 고민 끝에 챙겨온 게 겨우 이거야, 노란 해바라기.

한 줌에 잡히는 아이지만 그래도 제법 큰 아이로 골라온 거니까 너무 그러진 말아. 당신의 외손자는 '가을'하면 떠오르는 꽃이 해바라기밖에 없지 뭐야. 그렇다고 꽃집에서 코스모스를 사기에는 지천에 널렸고 이미 할아버지한테 보이기까지 하잖아. 저거 봐, 저 앞에도 있는걸.

올여름은 여기서 어땠어? 주변에 소나무들이 많아도 역시 더웠을까. 최근 다른 지역에는 비가 엄청 내렸다던데 여기도 비가 내렸어? 사실, 계절마다 한 번씩은 오자고 스스로 마음먹었는데 이번 여름은 유난히 더웠잖아. 외손자한테는 특히나 훨씬 더웠잖아. 당신의 딸은 벌써부터 밤공기가 춥다고 전기장판을 꺼내기 시작했는데, 당신의 딸의 딸은 나와 비슷한지 엄마 옆을 피해 바닥에 내려와서 자기도 해.

언젠가 집 옆에 자그마한 식당을 운영하는 이모의 손녀를 보게 됐는데 그 아가를 보다가 수영이를 보니까 정말 많이 컸더라고. 할아버지가 날 키울 때도 이런 마음이 들었어? 들었을 거야. 할아버지는 내게 늘 츤데레였거든. 못 알아듣겠지만 늘 츤데레였어, 늘. 하물며 병원 생활을 할 때마저도 그랬으니 평소에는 오죽했겠냐는 거지.

아, 그래. 나 얼마 전에 엄마한테 돌 목걸이를 받았어. 아니, 아니, 돌띠할 때 돌 말고, 나 첫 돌일 때 해준 목걸이 말이야. 나랑 같이 늙어서인지 빛바래긴 했지만 여전하더라.
할아버지는 그거 기억나? 나 할아버지 자전거 뒷자리에 타고 있다가 목걸이 잃어버렸잖아. 근데 그 잃어버린 목걸이를 할아버지가 다시 찾아왔을 때, 그때는 마냥 신기하기만 했어. 지금에 와서야 어디서 어떻게 찾았는지 물어보고 싶어졌는데 너무 늦었나 봐. 그 대답은 할아버지만 할 수 있을 텐데 말이야. 결국 나는 '할부지! 기영이 목걸이 여기 있어요!!'라며 외치듯 할아버지를 향해 반짝이는 목걸이, 같은 상상을 하며 코웃음을 칠 수밖에 없어. 앞으로도 계속 그래야만 하고.

어느덧 불 붙여놨던 담배도 다 꺼졌고 나는 또다시 남은 담배를 어떻게 해결할까 고민 중이야. 먹고 남긴 커피는 내가 마신다 해도 외손자는 흡연자가 아닌걸. 앞으로도 아닐 거니까 걱정은 말아. 혹여나 불이라도 날까 봐 손에 들고 있었는데 그새 냄새가 배었나 봐. 손가락 마디가 독하다, 에비에비.

할아버지. 내가 계속해서 '할배', '할부지'가 아니라 '할아버지'라고 또박또박 부르는 건 나만의 애정표현이야. 소박하지만 그렇게라도 알고 있으라고.

어휴, 한 계절을 건너뛰니 이렇게나 할 말이 많아졌지 뭐야. 조금 있으면 추석이니까 그때 다시 올게. 그때는 다 같이 올게. 당신의 딸도, 당신의 딸의 딸도, 다 같이. 여전히 얘기할 것도 물어볼 것도 많지만, 그건 다음 계절에. 무슨 말인지 알지? 지금 타고 있는 담배가 할아버지한테 닿을 쯤에 나도 슬슬 일어나 봐야겠어. 그리고 아까 말했듯이 해바라기는 놓고 갈 거야. 다음 계절에는 어떤 꽃으로 찾아올지 기대하고 있으라는 말이야. 이번 겨울에는 동백꽃 어때? 이것도 '겨울'하면 동백밖에 몰라서 그러는 거지만, 우리 그렇게 계절마다 만나기로 해.

진짜 갈게.
또 봐, 할아버지.

무제4

비 내린다.
더 내리면 뛰쳐나가서 흠뻑 맞아야지.
그래서 감기가 아주 제대로 들면,
네가 평소보다 더 꽉 안아주지 않을까.

2018

비가 많이 옵니다.

근 1년 가까이 숨통을 조이던 일이 오늘에 와서야 트이게 되었습니다. 오후 1시 30분, 작은 문자메시지를 받고 얼마나 속이 후련했던지. 소리를 지르긴커녕 안도의 한숨만을 내쉴 수밖에 없었습니다.

2018년을 마무리하기엔 아직 시간이 남았지만 참 여러모로 많은 일들이 있었던 한 해랄까요.

어쩔 수 없이 휴학을 해야만 했던 2월, 제 힘으로 할 수 없는 일 앞에 방황하던 제가 있었습니다. 좋아하는 가수의 콘서트를 간 일, 짝사랑에 그쳤던 그녀와 끼니를 함께 한 일, 언젠가의 헤어진 연인에게 연락이 왔던 일도 있었네요.

오늘 밤은 그동안 미뤄뒀던 사진 백업도 하고 정리 안 된 상태로 방치되었던 글도 다듬어 공책에 옮겨야겠습니다. 사랑하는 영화 한 편과 맥주 한 모금이면 더욱 좋겠습니다.

요즘은 동생 앨범을 만들어줄 계획에 빠져있습니다. 생각만 하던 일을 막상 시작하고 보니 2000장이 넘어가는 사진에 당황하기도 했지만 몇 번이고 다듬고 더 다듬고 또 다듬어 예쁜 앨범을 동생에게 쥐어줄 생각으로 오늘도 밤을 지새워야겠습니다.

그래도 여기까지 왔습니다.

어디 한 곳이 고장 나버린 것 같지만 결국 여기까지 왔습니다.

하다 보면 이렇게 달이 뜨기도 하고 내일은 또 그렇게 해가 뜨기
도 하겠습니다.

무제5

화분으로 치면 물을 많이 준 거지, 나는

결국의 결국

내가 키가 작아서, 1년에 한 번 있는 사회복무요원 신청을 세 번 만에 붙어서 이렇게 늦었다. 내가 뭘 잘못한 것도 아닌데 그게 주눅이 들었다. 지금에 와서야 덤덤하게 활자로 풀어낼 정도가 되었다지만 정말 초조했었다. 하루에도 기분이 수십 번씩 바뀌는데 그런 감정들이 혹여나 타인에게 피해를 줄까 싶어 티 안 내며 지내야만 했으니까. 방황하면서도 가족과 친구들에겐 문제없이 사는 척했어야만 했으니까. 새벽에 일어나는 날이면 소리 없이 몇 번을 울었다.

그게 그렇게 힘들었다.

나는 이미 1년을 휴학한 상태인데 이번에도 떨어지면 어떡하지. 가만히 있다가 복학해야 하는 건가. 내 친구들은 나보다 앞서 있는데, 나만 여전히 멈춰있는 것 같아서.

주변 사람들은 남 인생에 왜 이렇게 관심이 많은 건지 '너는 군대 안 가고 뭐 하니?'라는 말을 인사처럼 건넸고 나는 그걸 들으며 1년 가까이 되는 시간 동안 해명 아닌 해명을 하며 살아야 했다.

어느 날에는 포털 사이트에 대인기피증, 공황장애와 같은 말들을 검색하던 내가 있었고, 더 춥고 슬픈 사건을 겪으면 지금 당장 눈앞의 감정에는 무뎌질 수 있을까, 그런 헛된 생각을 한 적도 있었다.

하지만 이제는 안다.

아무리 헤매더라도, 아무리 느리더라도 결국엔 닿는다는 거다. 밤하늘의 별빛이 그랬고 필름 사진을 받아보기까지가 그랬으며 오랜 기간 쓰인 원고가 한 권의 책으로 완성되어가는 과정이 그랬다.

결국엔 끝끝내 목적지에 닿는다는 거다.

2019년, 1월, 새해, 첫 피드, 첫 글이다.

천천히 다시 되돌려놓을 거다.

잃어가던 것, 잊어가던 것, 모두.

박근호 작가님께

근호님! 애독자 정기영입니다.

정식으로 인사를 드리는 건 처음이라 그런지 무척이나 떨리는 건
어쩔 수 없나 봅니다.

처음 근호님을 알게 된 계기는 '작가 박근호', '비밀 편지 박근호'
라는 개인 작가보다 '팀 암실의 멤버'로 먼저 알게 되었어요. 서울
성수동에서 카페 암실이 운영되고 있을 시기에는 3번 정도 가봤
는데, 근호님과는 항상 엇갈려서 지금까지도 서로의 얼굴을 모른
다는 게 너무 아쉽네요. 그랬으면 나중에 뵀을 때 조금 더 익숙하
게 인사를 나눌 수 있지 않을까, 하는 생각에요.

그때를 잠시 떠올려보니, 서울에 살았다면 간혹 새벽에 열리던 암
실의 특별한 날에도 함께 할 수 있지 않았을까, 하는 생각이 납니
다.

이렇게나마 직접 메일을 통해 편지를 쓰고 싶었던 이유는, 뭔가
'꼭 그러고 싶어서'였어요.

'결 시리즈'와 근호님의 개인 책들이 마음에 도움이 되었거든요,
정말.

남들은 연말연초라서 행복하고 설레고, 새롭게 다가온 2019년도

는 무슨 일을 하며 어떻게 보낼지에 대해 충분히 고민하고 있는데 저는 여전히 2018년에 멈춰 서있는 것 같았어요. 그만큼 작년이 여러모로 힘든 시기였습니다. 방황도 많이 했고요.

그런데 정말 감사한 건 그렇게 방황하던 시기에 암실을 알게 되었다는 거예요. 팀 암실은 물론, 카페 암실까지 도요.

제 주변에는 책을 좋아하는 친구들도 잘 없었고, 그렇다 보니 '서울에 계신 작가님들을 만나러 갈 친구들'은 더 없어서 혼자 덕질을 무척이나 했던 것 같아요. 혼자 서점에 가서 책을 사고, 혼자 다니다 보니 혼자 밥을 먹고, 혼자 지내는 시간이 많아져서 '제가 좋아하는 것'이 무엇인지, '내가 정말 좋아하는 것들이 맞구나!'하는 확신을 가질 수 있었던 시간이었어요.

덕분에 포항에서 서울까지 4시간 되는 거리를, 집에서 카페 암실까지는 5시간이 넘는 거리를 무작정 '작가님들 뵙고 싶다.', '오늘은 암실에서 어떤 커피를 먹지?'라는 생각 하나만으로 다녀온 날도 있었네요.

지금은 휘명, 해찬, 정현님과는 정말 친근하게 소식을 주고받곤 해요. 언젠가는 근호님과도 그렇게 지낼 날이 꼭 올 거라고 믿고 있어요.

구구절절 말이 길었지만, 언젠가는 닿게 된다고 생각해요. 무엇이든지, 어떤 형태로든지. 남들보다 많이 헤매고 남들보다 많이 늦더라도 결국엔 닿더라고요.

제 책장에 따로 마련해둔 암실 칸도 어느덧 책이 쌓여 그 공간을 다 채웠거든요. 요즘엔 휘명님과 망원동에서 새로운 프로젝트를 시작하시는 모습을 보며 '올해에는 잘하면 근호님을 뵐 수 있겠구나.', '휘명님과도 다시 한 번 악수를 나눠야지.'하며 소소하고 잔잔한 설렘에 빠져 살아요.

저는 이 편지를 쓰는 오늘 1월 10일 기준으로 4일 뒤엔 14일에 훈련소에 들어가요. 18년도 신청은 붙었답니다! 세 번째 신청은 붙어서 정말 다행인걸요.. 현역으로 군 생활을 하셨던 분들, 혹 지금 하시고 계신 분들에 비하면 보잘것없지만 훈련소 잘 다녀오고 남은 기간 동안 무사히 복무할게요.

하소연 같은 긴 편지 읽어주셔서 감사합니다. :)

박근호 작가님의 답장

안녕하세요. 너무 감사합니다.

기억나요. 휘명이랑 라이브했을 때 휘명이가 되게 좋은 분이고 고마운 분이라고 하면서 말씀하셨던 거 기억납니다. 인사드렸던 것도 기억나고요. 제가 누군가의 책장을 이렇게 차지할 수 있다니 너무 기분 좋네요. 저도 혼자서 덕질을 많이 해봤는데 취향이 맞는 친구들이 있으면 정말 좋을 텐데 친구라고 모든 취향이 다 맞는 건 아니더라고요. 그렇게 먼 곳까지 찾아와주시고 너무 감사합니다. 암실은 저도 오픈하고 세 번 정도 밖에 가질 않았어요. 그곳에서 뵙기란 아마 불가능에 가깝지 않았을까 합니다. 이번에는 조금 더 다양한 작업을 해볼 생각이에요. 기회가 된다면 기분 전환에서 만나면 너무 좋겠습니다.

훈련소 잘 다녀오세요. 꼭 현역일 필요는 없잖아요. 그냥 의무인데 의무만 다 하면 되는 거라고 생각해요. 각자의 위치에서요. 좋은 분 같아서 훈련소만 다녀오더라도 많은 걸 느끼실 거라 생각합니다. 몸 건강히 잘 다녀오세요.

메일 너무 감사합니다.

김해찬 작가님의 답장

카페를 운영할 때의 이야기다. 성수동 사거리에 있는, 도무지 카페가 있는 자리라고는 생각할 수 없는 건물의 지하에 있는 카페. '카페 암실'. 그곳엔 많은 분들이 찾아와 주셨다. 유명세에 힘입어 한 번 들러본 손님도, 카페가 바로 집 앞이라 매일같이 찾아와주던 손님도 있었다. 그 중 가장 기억에 남는 분이 한 분 있다.

작은 키의 한 남성분. 포항에서 무려 네 시간의 버스를 타고 암실을 찾아와주시던 분. 늘 혼자 찾아와주시던 분. 오실 때마다 자그마한 선물을 챙겨와주시던 분. 내가 쓴 문장들을 곱씹어 읽어주시던 분.

문득 메일을 알려달라는 말씀에 선뜻 알려주었다. 곧 먼 길을 떠나시는데, 그전에 나에게 하고 싶은 말이 있으시단다. 내가 추천해줘서 먹어 본 '플랫 화이트 아이스'를 여전히 즐겨 드신단다. 그먼 길을 왔지만 늘 암실을 오는 게 즐거우셨단다. 언젠가 포옹을 해드린 적이 있는데, 그 포옹이 잊히지 않으신단다. 사람의 연이란 건 어떻게 될지를 몰라서, 분명 언젠가는 또 만날 것이란다.

우리들은 어디로 와서 어디로 가는 걸까. 포항에서 성수동의 작은 카페를 갈 수도 있고, 집 앞 편의점에서 맥주 한 캔을 사 올 수도 있다. 밤을 지새우며 글을 쓸 수도 있다. 살아 숨 쉬는 한 우리들은 늘 어디론가 향한다. 그곳에서 아무도 날 반겨주지 않아도 괜찮다. 내가 반가운 사람들이 있는 곳이라면 언제든 그곳으로 발걸음을 향할 것이다. 그곳의 한 사람이 추천해준 커피가 썩 마음에 들어, 평생을 그 커피를 즐겨 마실 수도 있다. 그 사람을 떠올리며.

작은 한 조각의 기억으로 우리들은 미소 짓곤 한다. 사랑했던 공간이 사라지면, 그 공간에 갈 수 없어도, 가지 못함으로 인해서 추억은 더 아름답게 남을 수도 있다. 다시 만날 날을 꿈꾸며 지금 이 순간을 포기하지 않게 될지도 모른다.

한 공간에서 머무르던 그날을 기억한다. 플랫 화이트 아이스를 내리며, 에스프레소가 우유에 아름답게 퍼지던 일을. 누군가가 그걸 맛있게 먹어주던 것을. 괴로웠던 기억도 있지만 떠날 때엔 가슴을 한 번 비워야 할 만큼 가슴 아팠음을. 전부 기억한다.

사랑하는 사람들에게 메일을 써야겠다. 보고 싶은 사람들이 많아지는 밤이다. 나는 어떤 기억 한 조각을 소중하게 간직하고 있을까. 문득 가슴이 터질 만큼 설렌다. 내가 만들어온 흔적들이 누군가를 미소 짓게 하고, 그 미소가 나에게도 전염된다고 믿는다. 작은 기억 한 조각이라도 누군가에게 안겨줄 수 있는 사람이 되고 싶다. 나는 그래도 아직, 행복할 수 있는 것이라고 굳게 믿어본다.

당신

누군가를 잃는다는 것.

그것이 사랑으로 품기 시작한 자녀와의 이별이라면 더욱 끔찍할 것을 나는 안다. '바깥은 여름'이라는 소설집을 통해서도, 사회복무를 하면서도, 며칠 전에 본 '증인'이라는 영화를 보면서도 요즘 내가 가장 가까이 접하는 주제는 부모와 자녀에 관한 것이다.

영화 '증인'에서 자폐아인 지우를 키우는 현정은, 자폐아가 아닌 지우는 지우가 아니다, 라는 뉘앙스의 대사를 내뱉는다.

여기서 내가 하고 싶은 말은, 당신도 그렇다는 거다. 서툴고 부족하고 추악한 부분이 있더라도 당신은 당신이라는 거다.

다시 한 번 말한다. 당신 역시 '지금 이 순간의 당신이 온전한 당신'이라는 거다. 열심히 하고 싶고 잘하고 싶은 마음은 누구나 갖고 있겠지만, 바라는 만큼 성과가 나와 주지 않아 주저앉고 싶었던 때가 있었을 거다. 그럼에도 나는 바란다. 당신은 그저 당신이었으면 좋겠다고.

어떤 사람이어야 하는지, 어떤 사람일 수 있는지 아무 생각 말고 그저 당신.

굳이 다른 무엇이 되지 않고서 그저 당신.

새하얀 목선

그 흰 목에서는 어떤 목소리가 나나요

잘 모르겠습니다

당신이 지금까지 누구를 만나왔는지, 그게 왜 중요한 건지 나는 잘 모르겠습니다. 내가 당신에게 가진 감정과, 당신이 내게 가진 감정이 진심이라면, 당신이 내 앞에 있다, 그것만으로 나는 됐다고 생각하는 겁니다.

저마다의 삶에서 사랑이 차지하는 비중이 모두 다르고, 연애의 방식 또한 제각각이라는 것을 저는 잘 압니다. 그러니까 연애에 있어 '정상'은 없다는 말이겠어요. 한 장의 이력서를 쓰는 것처럼 어떠한 틀이 있고, 그 틀에 맞춰 우리를 욱여넣을 필요는 더더욱 없다는 말입니다. 다만, 우리가 무엇을 좋아하는지 알고 그것을 행하면 되겠어요.

책을 좋아하신다면 함께 서점에서 보내는 날이 많아질 거고, 동네 곳곳에 숨겨진 독립서점을 찾는 과정이 우리에겐 여행이자 축제일 겁니다. 산책을 좋아하신다면 길거리에서 하루를 보내도 좋겠어요. 또 어떤가요, 무언가 만드는 걸 좋아하시나요? 어려서부터 손재주가 없는 나는, 유치원생처럼 색종이를 앞에 두고 골머리를 앓고 있을지도 모릅니다. 당신께서 만들어 주시는 음식은 어떤 맛일까 궁금해하기도 하면서요. 이럴 때면 남들보다 둔한 혀가 도움이 될 수도 있겠습니다.

집에는 서로를 위한 음식이 놓여있고 당신이 좋아하는 음악이 흐르고 있는데, 당신이 지금까지 누굴 만나왔는지 정말 뭐가 중요한가요.

나는 여태껏 잘 모르겠습니다.

무제6

나에게는 축제 같았던 사람

무제7

나는 당신에게 어떤 모습으로 여전할까

공감

내게는 이상한 버릇이랄까 습관이 있다. 아마 그것의 본줄기는 공감능력이겠다. 과거에 일어났던 사건을 다룬 영화부터 소설 속 가상 인물들의 슬픔과 아픔일 뿐인 장면에서 나는 그 일을 내가 직접 겪은 것처럼 아파하는 거다. 나의 인생 작품들의 대부분은 갈등이 시작되는 시퀀스 부분에서 감정이 격해지는 장면들이 줄곧 등장한다. 누군가는 격하게 울부짖고, 다른 누군가는 깊은 사색에 잠기기도 하면서.

가끔은 스스로 버겁기도 한 이 공감능력이, 정말 '능력'이라면, 나 당신을 위해 써보겠다. 그다지 밝은 사람이 아니라서 모르겠지만, 어쨌든 그럴 수 있도록 노력해보겠다는 말이다.
그렇기 때문에 나는 당신이 당신의 아픔이 무엇인지 아는 사람이었으면 좋겠다. 서로가 서로의 아픔을 알고, 생채기 난 부위를 따뜻하게 핥아줄 수 있다면. 마치 오른손과 왼손처럼 우리 사이에도 빈틈이 없게 되었으면 좋겠다.

어딘가의 당신아, 나는 당신이 괜찮기를, 영원히 안녕이길 바라는 사람이다.

유언

한순간에 콱 죽어버리면 어떨까 생각한다.

자살이 아닌 예기치 못한 사고로 인한 죽음 말이다.

신호를 잘 지키며 횡단보도를 건너고 있는데 음주운전 차량으로
인한 억울한 죽음, 기분 좋게 여행을 가던 도중 버스나 기차 혹은
비행기 같은 대형 인명사고 같은 것들.

그러면 지금 쓰고 있는 것들이 일종의 유언으로 남을까, 잘 모를
일이다.

쓰다듬

키가 조금이라도 더 컸으면 어땠을까, 하는 생각을 한다.

학생일 땐 키가 작다며 놀리던 친구들과 싸우기도 많이 싸웠지만 지금에 와선 별생각이 없는 게 사실이다. 작은 키로 살아가는 게 불편하진 않나, 라는 물음을 받곤 하는데 그럴 때마다, 나는 지금 키가 내 인생 중 가장 큰 키야! 라고 웃으며 대답할 정도니까.

최근 들어 체력이 안 좋아진 걸 자주 느낀다. 친구와 술에 죽고 못 살던 사람이, 하루 한 끼를 술자리로 연명하던 사람이 각종 영양제와 숙면하는 법 같은 것들을 찾아보고 있으니 말이다.

너무 피곤하고 우울한 날엔 하루 종일 잠만 자기도 했다. 그러다 마음이 무너지는 날에는 누군가에게 안기고 싶었다. 그러다 보니 내가 누군가를 안아주고 싶기도 한 거다. 내가 느꼈던 안정감을 그 사람도 느끼게 해주고 싶어졌다는 말이겠다.

내밀한 껴안음. 그래, 키가 조금이라도 더 컸더라면, 그래서 그 사람의 팔이나 다리 모두 따뜻하게 안아줄 수 있었더라면. 그렇게 이불 비슷한 것이 되어 부르르 떨리는 몸통을 힘껏 품어줄 수 있었더라면. 흔들리는 머리칼도 사락사락, 매끈거리는 등줄기도 쓰다듬 쓰다듬

시선

항상 눈을 보며 인사를 건네주는 모습

대답을 할 때면 미어캣을 닮은 듯한 끄덕거림

입꼬리를 씰룩거리는 버릇

새하얀 목덜미

커피의 취향

조금 더 잘린 단발머리

말이 잘 통했던, 요 며칠 궁금함의 대상이 된 사람

무제8

신념을 갖고 살아

가치

사회복무요원 직무교육 도중 있었던 일이다.

교육 첫 주 차 목, 금요일에 내가 속한 아동반의 3분임은 현장실습을 다녀왔는데, 마지막 강의는 실습센터 담당자와의 게임이었다. 각자에게 주어진 가상 화폐를 분임 사람들과의 경매를 통해자신이 중요하게 생각하는 가치를 사는 것.

돈, 행복, 자녀의 성공 등 스무 가지의 가치들 중 결과적으로 내가구입에 성공했던 건, 가족과 사랑이었다.

가족.

사람의 근본. 즉, 뿌리를 담당하는 것 중 가장 큰 비중을 차지하고있다고 생각하는 게 가족이다. 제일 기초적이지만 그만큼 한 사람의 인생에 필수불가결한 것. 건강한 가족과 가정, 그것이 충족되지 못한 아픈 아이들이 많다. 아픈 어른으로 성장하는 아이들, 역시 많다. 그리고 아픈 어른들이 많은 것도.

정말 안타까운 일이다.

사랑.

이런 프로그램을 통해서, 간단한 심리 테스트를 하면서 가장 많이 받았던 질문 유형 중 하나는, 행복한 순간은 언제였나요? 라는것이었다. 간단하다. 내가 행복했던 순간의 대부분은 사랑하며 살아갈 때였다. 그만큼 내겐 사랑하는 사람, 또 '사랑'이라는 본질이 중요한 것이다. 사랑하며 살고 싶고, 사랑받으며 살고 싶다. 그것 뿐이겠다.

계기

한창 연애를 할 때면 손 편지를 자주 써주곤 했었는데, 쓰면 쓸수록 조금이라도 더 잘 써주고 싶었다.
열심히 읽고 그보다 더 열심히 쓰다 보면 작가만큼은 아니더라도 하고 싶은 말을 하고 싶은 만큼 쓸 수 있지 않을까, 하고.

인연

며칠 전 오휘명 작가님의 인스타그램 라이브 방송에서, 기영 씨 하면 정성이 떠올라요, 라는 대답을 듣게 되었다. 이토록 먼 곳에서 자신을 보러 오는 사람도, 직접 사과즙까지 챙겨주신 사람은 또 처음이라고.

작가님을 처음 만나 뵙게 된 건 작년 이른 봄, 지금은 없어진 서울 성수동 어느 건물 지하에 위치한 카페 암실에서였다. 카페 암실을 방문하게 된 이유는, 팀 암실 작가 중 김해찬 작가님을 사전에 책으로 접한 덕분이었는데, 해찬님께서 참여한 프로젝트 에세이 '결 시리즈'의 출판 소식을 알게 되었고, 공동 저자들인 오휘명, 박근호, 이정현 작가님들을 새로이 알게 된 거다. 그렇게 '결'을 읽다가 카페 암실 오픈 소식을 들었고, 실제로 그들과 몇 번의 인사를 나누다 보니 개개인의 출판물에도 관심을 갖게 된 거겠다.

여기서 조금 첨언하자면, 나는 TV를 보지 않는다. 요즘 유행하는 드라마라든지 새롭게 데뷔한 아이돌 그룹 같은 건 나와는 다른 세상의 이야기라는 거다. 그렇기에 나에게는 좋아하는 책의 저자인 그들이 바로 나만의 연예인이라는 거다.

내 삶의 일정한 부분을 차지하며 수많은 영감을 주는 뮤즈들, 그들을 나의 노력(포항에서 서울까지 다녀올 수 있는 시간과 경비)

만 있다면 만나 뵐 수 있는 게 얼마나 행복한 일인가. 이제 그들을 볼 수 있는 곳은 북토크와 신간 사인회 정도라서 자연스럽게 만날 수 있는 곳은 아쉽지만 카페 암실에서 끝이겠다.

집을 떠나는 게 무서워 울던 10살의 정기영은, 이젠 어디로든 떠난다. 그곳에 반가운 사람들이 있다면, 나를 반겨주는 사람이 있는 곳이라면 어디든 좋다는 말이다. 마주하며 웃을 수 있다면, 시간이 얼마나 흘렀든 우리의 연이 계속될 것이란 걸 나는 안다.

7월 중순에 서울에 갈 일이 있는데 그쯤에는 오휘명, 박근호 작가님의 새로운 프로젝트가 실행되고 있겠지. 드디어 박근호 작가님도 만나뵐 수 있겠다.

속마음

아주 오래전부터 나는 참 사랑을 못하는 사람이란 생각을 하곤
해요.

그렇잖아요, 좋아하는 사람 앞에서는 내가 '나'이기 힘들더라고
요. 남들과는 잘만 나누던 대화도, 남들 앞에서는 잘만 짓던 웃음
도 당신 앞에서만큼은 그게 아니었잖아요. 갑자기 목이 가라앉거
나 입꼬리 끝이 파르르 떨리곤 했잖아요.

그런데 오늘만큼은 당신께서 먼저 말을 건네주셔서 얼마나 반가
웠는지 몰라요. 당신은 알고 싶어 하지만 나는 이미 알고 있는 것.
딱 그런 종류의 대화였고, 그걸 나누는 동안 '내가 도움이 돼서 다
행이다.' 같은 생각들을 하곤 했었어요.

눈을 마주하는 동안 속마음이 들렸을까요? 목은 여전히 가라앉았
고 입꼬리 대신 손끝이 파르르 떨렸지만 꾹 참아보려고 엄청 노
력했어요. 그래도 어쩔 수 없이 티가 났나 봐. 왜 그렇게 손을
떨고 있냐는 물음에, 그러게요, 라며 멋쩍게 대답했어요. 차마 그
순간에, 당신을 좋아해서요, 라고 할 순 없는 거잖아요. 당신은 당
신만의 말투와 예쁨과 개성들로 또렷한 사람인데 나는 세상 어디
에나 있을 법한 사람이니까.

오래 마주할 수 있어서 행복했어요. 땀 냄새가 날까 걱정할 만큼 바싹 붙어있을 수 있었잖아. 또, 궁금해해줘서 고마웠다는 말도 함께 전해요. 마지막으로 조금 더 욕심 내본다면 앞으로도 계속 나를 궁금해줬으면 하고 바라보는 거예요. 아무 생각도 들지 않게 하는 눈빛을 한없이 쳐다보고 바라보다가 생각해요.

좋아합니다, 좋아해요.

신념

무뎌지지 말고 늘 사소한 것에 감동받으며 살아갈 것
지금 좋아하는 것들을 꾸준히 행하며 살아갈 것
좋은 아빠 역시 좋지만, 우선적으로 좋은 남편이 될 것
무엇보다 '정기영'만의 감성을 잃지 말 것

다녀오세요

나는 몰래 마음을 품기 시작했습니다. 하지만 그 마음은 말 그대로 '몰래'여서, 생각하기만 해도 입꼬리가 올라가는 건 반년이 지난 지금도 어쩔 수 없는 것 같습니다.

지금은 여행을 떠나셨지요. 며칠 전 빌려드린 책을 여행길에 챙겨갈 거라 하셨는데 술술 잘 읽히는지 궁금합니다. 혹여나 타국의 음식이 입맛에 맞지 않을 때, 조금이나마 그걸 달래줄 수 있도록 말이에요.

그때도 눈여겨보셨듯이 책의 첫 장에는 제 이름이 들어간 사인이 적혀있습니다. 제가 애정 하는 작가님께서 친히 적어주신 사인입니다. 저는 그 사인이, 제 이름이 들어간 그 책이 당신에게 조금은 익숙한 물건이 되었으면 해요. '낯선 곳에서의 익숙한 무언가'가 있으면 마음에 힘이 되더라고요. 그러다 저 역시 한 번쯤은 떠올려주셨으면 하고 작게나마 바라보는 겁니다.

그렇게 기분 좋게 다녀와서 얘기해주세요. 이건 이래서 예뻤고, 저건 저래서 좋았다고.

그러니까, 다치지 말고 오셔요. 무사히 다녀오세요.

온도

오늘은 입추, 가을이 시작되는 날이라는데요.
날씨가 이렇게나 더운데 가을은 무슨 가을이야, 라고 투덜거리면서도 마음 한구석에는 반가움이 몽글몽글하게 일어납니다.

가을, 그리고 겨울. 날이 추워질수록 저는 저라는 사람이 지닌 온도에 대해 곰곰이 생각해보게 됩니다. 얼마 전에 겨우 알게 된 거지만, 사람마다 선천적으로 누구는 눈이 약하고 누구는 피부가 약한 것처럼 그 사람이 지닌 온도 역시 제각각이라 계절마다 어울리는 사람이 있다고 생각해요. 저는 그중에서도 가을, 혹은 겨울의 사람이 아닐까 하고요.

언젠가의 헤어진 연인은, 너는 정말 뜨거운 사람이야, 라는 말을 하곤 했었는데요. 그게 아마 사랑의 방식이랄지, 단순히 제가 더위를 많이 타는 사람이어서 그랬을 수도 있겠습니다.
또 그런 거죠, 저는 그만큼이나 추위를 타지 않는 사람인데요. 초가을에 얇은 셔츠나 가디건을 자꾸만 챙겨 다닌다면 조금은 눈치채주셨으면 좋겠습니다. 공원 어디쯤의 벤치에 앉아 캔 맥주를 마시며 이른 찬바람이 불까 걱정하는 사람이 있다는 걸요.
어쩌면 이번 겨울엔 36.5도의 손난로 같은 것도 쥐어줄 수 있을지도 모르겠습니다.

정기영답게

최근 며칠 동안은 그런 생각들을 했어요. 내가 아무리 노력한다고 해도 나보다 잘난 사람들은 널렸고, 그것이 마음에도 적용되는 건 아닐까 하고 말이에요. 이게 무슨 말인가 하면, 내가 여자 친구에게 아무리 잘한다고 해도, 각자의 여자 친구에게 나보다 더 잘하는 사람이 있을 거잖아요. 그러다 보니 '나'다운 게 있을까 하는 그런 고민. 그러니까, '정기영'다운 게 뭐가 있을까 하는 고민. 결국에 저는 '나다운 사랑을 하자.'라고 마음 먹어봐요. 정기영 다운 사랑을 하도록 말이에요.

있잖아요, 내가 전에 했던 말 기억해요?
좋아하는 사람들, 사랑하는 사람들한테는 무엇 하나라도 더 챙겨주고 싶고, 내가 가진 것들 중에 제일 좋은 걸 주고 싶다는 마음. 그런데 내가 생각하는 나는 그런 것이 못 되는걸요. 이미 늦어버린걸. 조금 더 괜찮은 사람이고 싶고, 조금 더 사랑해도 될 만한 마음이고 싶었는데 그런 모양새가 아니니까 나는. 여기는 이렇게나 망가졌고 저기는 또 저렇게나 헤져있어요. 곳곳이 흉터투성이라 아무리 씻어 봐도 더 이상 말끔해지지 않는 걸 어떡해.

그래도 있잖아요. 혼자 나름대로 노력해서 여기까지 왔어요. 엄청 소소하고 사소한 마음일지라도 나름대로 정기영답고 싶었어요.

그러니까 괜찮다면 이거 받아주실래요? 별거 아니지만 예쁘게 전
하려고 노력했어요.

받아주세요, 받아주세요, 받아주세요.

일 인분

열심히 읽고 그보다 더 열심히 써서 독립출판물로 그동안의 기억
들을 기록하고 싶다.
단 한 권만이라도 좋겠다.
그렇게 조금씩 더 나아지고 또 나아져서 일 인분의 감정만큼은
거뜬히 받아줄 수 있는 사람이고 싶다.

쓰다

쓰는 일은 느립니다.

그리고 느린 만큼이나 큰 힘을 갖고 있다는 걸 저는 알고 있어요. 그 사람을 위해 무언가를 사서 건네는 것보다, 좋아하는 요리를 만들어주는 것보다 훨씬 더 느린걸요. 게다가 저 역시 말보다 글이 더 편한 사람이라, 전하고 싶은 마음 하나를 위해 며칠 동안 편지를 다듬은 날도 있었습니다.

그렇게 쓰고 또 쓰다 보면 제가 그동안 하고 싶었던 이야기들, 벅차오르는 감정을 다스리기 위해 꾹꾹 눌러쓴 편지들이 모여 책 한 권의 분량을 이룰 정도가 되면 그것들을 독립출판물로 엮고 싶습니다.

언젠가의 헤어진 연인과, 쓰는 일을 응원해주는 몇몇 친구들은 '영아, 그럼 내 것까지 두 권은 만들어줘.'라며 고마운 연락을 주기도 했습니다. 제가 뭐라고요.

그러니까, 언젠가는 꼭 책을 만들고 싶어요. 만들어진 책을 종종 읽으며, 내가 이렇게 살아왔구나, 잘 살아가고 있는 거구나. 그렇게 느낄 수 있다면, 그거 하나면 되겠습니다.

토닥토닥

길쭉하고 가느다란, 희고 부드러운 손가락을 보며 함부로 상상해
봅니다. 나도 저 손을 잡아볼 수 있을까, 나도 당신의 토닥임을 느
껴볼 수 있을까, 그런 못된 생각들.

이상한 말 같기도 하지만, 몸이 훌쩍 커버린 뒤에도 보듬어지고
싶은 순간들이 많았어요. 오늘 같이 유난히 피곤한 날에는 무엇이
라도 껴안고 싶은 기분, 누군가에게 안기고만 싶은 기분이었거든
요. 어릴 적에 쉽게 잠들지 못하는 밤이면 외할머니께서 자주 등
을 긁어주시곤 했는데 이제는 그러질 못해요. 이렇게나 훌쩍 커버
렸는걸.

며칠 전 공휴일에는 많이 아팠어요. 공휴일이니까, 혼자 있을 수
있으니까, 남에게 피해줄 일 없으니까 다행이라 생각하다가도 어
리광 피우고 싶은 거예요. 나 아프다고, 당신의 손길이 필요하다
고요. 몸이 약해지면 마음도 약해지는 거라면서요. 그러니까 어서
손을 잡아줘요. 솔직한 매만짐이 필요한 순간이에요.

소소하고 수수하게

오늘 같이 비가 내리는 날에는 당신과 함께이고 싶다. 굳이 안 마셔도 될 술이나 커피 따위를 마시면서. 가을이니까 향긋한 허브티도 좋겠다. 몇 번이나 봤던 영화를 같이 보면서. 서점에서 함께 고른 책을 읽으면서.

당신이 좋아하는 색의 꽃을 사들고 들어가면 너무 속 보이려나, 한 송이는 너무 가벼운가, 그런 고민들을 하면서.

오늘따라 유난히 지친다는 말이라도 나오면 그 작은 어깨를 감싸 안아줘도 좋겠다. 옹알이 같은 당신의 칭얼거림을 들으며 나도 같이 입술을 삐죽거릴 수 있다면 더더욱.

이름2

———

나도 그런 부름을 할 줄 아는 사람이었으면 좋겠다.

당신의 부모가 어떤 이야기와 마음을 담아 당신의 이름을 지었고,

그게 어떤 느낌으로 불렀을 때 가장 아름다운지를 공부한 후에

당신의 이름을 정성스럽게 부르고 싶다.

아직은 당신을 누구님으로 부르지만, 이미 나만은 누구야로 혼자

서 마음대로 불러보는 일. 그리고 언젠가는 이름 끝의 한 글자로

만.

그래, 누군가가 나를 영아 영아 하고 불러주는 것처럼.

개 같은 사람

내 안에는 개 같은 마음이 살아.

까칠한 고양이일지도 푸근한 곰일지도 모르겠지만, 아무튼 개 같은 마음이 하나 살아. 그중에서도 늙은 개 같은 마음. 당신을 향해 펄쩍펄쩍 뛰어다니는 네 발 달린 핏덩이가 아닌, 앉은 자리에서 그저 한 쪽 귀만 쫑긋 움직이는 늙은 개를 닮은 마음이 말이야.

마음은 마음으로만 그쳐 다행이라 생각해. 다른 종의 동물이 아니라 인간이라서, 귀를 가지고 태어났음에도 그쪽 방향으로 쫑긋 움직일 수 없는 귀를 갖고 태어난 인간이라서 얼마나 다행인지 몰라. 정말 개로 태어났으면 어쩔 뻔했을까. 시도 때도 없이 당신을 향해 쫑긋쫑긋 거리는 귀를 부드러운 앞발로 누르고 있을까? 잘 모르겠어.

내 안에는 늙은 개를 닮은 마음이 살아. 그리고 당신에겐 정말 한 마리의 개 같은 존재가 되었으면 좋겠어. 비가 오는 날엔 옆자리에 살포시 앉아 창가를 바라보거나 마음이 무너지는 날에는 서로의 체온에 기대 잠을 청해도 좋겠다는 말이야.

이젠 어떡하지. 나 정말 개 같을까?

영아, 우리 이사 갈까?

최근 며칠 동안 엄마와 이런저런 대화를 나눴다. 원래 나의 부모
님은 내가 성인이 되자마자 지금 살고 있는 주택을 정리하고 시
골로 내려가고 싶어 하셨다. 그들이 나고 자란, 포항에서 20분 거
리에 위치한 작은 시골인 기계라는 곳으로.

그런데 지금은 동생이 2년 뒤에 입학할 초등학교가 걱정이라 하
신다. 지금 살고 있는 동네는 어린애들이 없으니까 이왕이면 학급
수가 많은 초등학교에 보내기 위해 여러 동네를 알아보고 계시는
거다(나는 근무지에서 멀어지겠네!).

처음 내가 들었던 아파트는 두 곳이었다. 지어진 지 채 5년이 되
지 않은 A 아파트와, 20년 정도 된 B 아파트. A 아파트가 B 아파트
보다 1억 정도가 더 비싸다는데 이렇게나 큰돈은 와 닿지 않아서
그저 고개만 끄덕끄덕. 주변 시설이 어떻고 교통편이 어떻고 아파
트 뒤에 산이 있니 없니 많은 얘기를 하다가, 엄마는 이제 빚 갚는
인생은 싫은데, 라는 얘기를 듣고 이내 마음이 울렁.

14살. 교복이란 옷을 처음 입자마자 아버지는 내게 술을 가르쳐주
셨다(어쩐지 이 글에서는 아빠보단 아버지라 쓰고 싶다). 남자라
면 네 앞가림 정도는 하고 살아라, 라는 조언과 함께 처음으로 술
을 입에 머금었던 거다.

교복을 입은 지 두어 해가 지나고 평범한 외식 자리에서 아무 말 없이 술 한 잔을 주시던 부모님은, 집에 빚이 있었는데 오늘로 다 갚았어, 라는 말과 함께 피식 웃음을 짓곤 하셨다. 그 후 엄마는 내가 기억을 하지 못할 정도로 어릴 적에 아버지가 여러 사업을 해보려다 안 좋게 흘러가서 생긴 빚이 있었다는 얘기를 해주셨다.

내 나이 이제야 스물셋이다. 나 스스로 모아둔 돈은 많지 않지만, 살면서 차곡차곡 모아갈 수 있는 능력을 만들어야지. 푼돈이지만 엄마가 아닌 상미로, 아빠가 아닌 용원으로 그들 자신에게 사용해 줬으면 하는 목돈을 만들어드려야지.

좋아한다고요

언제쯤이면 말할 수 있을까요

좋아해

좋아해요

좋아합니다

좋아하고 있어요

목소리

'남자는 어머니가 돌아가셨을 때만 우는 거야.'

나는 웃는 만큼 자주 우는 사람인데.
이미 결말을 아는 영화를 되돌려보면서, 표정을 찡그릴 만큼 아픈
소설을 읽으면서도 자주 우는 사람인데.
사랑함이 사랑했음이 될 때마다 저는 항상 울었던 것 같아요, 라
고 말할 만큼 자주 우는 사람인데 나는.

개인에게 할당된 울음이 있어서 미리 울어 버리면, 그래서 흘려야
할 때 흘릴 눈물이 없다면 그땐 나는 어떡하나, 그런 엉뚱한 걱정
을 했다. 그럼에도 이내 들려온 '남자는 울 줄도 알아야 돼요.' 라
는 당신 목소리 덕분에 금방 괜찮아진 거겠다.

무제9

아니라는 생각이 들면 언제든 멈추는 거야
사랑이든 사람이든

네가 좋다고 외치는 말이었어

그 밤, 이른 가을바람을 맞으며 골목을 거닐었던 그 밤에, 내가 얼마나 행복했는지 넌 모르겠지. 네가 운동하자며 취한 자세를 곁에서 따라 하진 않았지만 몇 보 앞에서 팔을 벌리고 서있었잖아. 그리고 내 품에 안겼던 너를 보며, 내가 이렇게 행복해도 되는지 걱정이 될 정도로 행복했어. 내 마음이 그랬어.

우리가 처음으로 영화를 봤던 날, 그날 아침에는 비 예보가 있었어. 우산을 깜빡했다는 너의 말에 서랍이란 서랍은 다 뒤져서 겨우겨우 찾아낸 3단 우산을 에코백 속에 숨겨둔 것도, 선물해주고 싶은 책이 있어서 책의 위치와 재고를 미리 파악해둔 뒤에 '우리 가까운 서점 구경 가자'라고 말을 했던 것도, 사실은 다 네가 좋다고 외치는 말이었어. 이제야 솔직하게 말할 수 있게 됐네.

같이 술잔을 기울이다 네가 자리를 비우는 순간이 오면 휴대폰 메모장을 켰던 것도, 메모장에 너는 어떤 음식을 좋아하고, 아플 때 어떤 약이 몸에 잘 받고, 자주 가는 편의점의 브랜드는 무엇인지 하나하나 기억했다가 메모해뒀어.
맞아, 다 네가 좋아서 했던 일이야. 좋아했어.

네가 마지막으로 했던 말, 기억해?

'우리가 인연이라면 언젠가는 다시 만나게 될 거야'

지금의 나는 너무도 흔한 소원을 믿어보려 해. 어떤 소원은 터무니없고 어떤 소원은 눈물겹기도 하잖아. 그럼에도 '이번에는, 이번만큼은.'이라며 스스로를 위로하는 건, 그만큼 너를 좋아하기 때문일 거야.

내가 좋아하는 영화에서 '놈은 가도 물건은 남는 법이지'라는 뉘앙스의 대사가 나와. 그러니까 네 곁에 남아있는 책은 예쁘게 잘 읽어줘. 부탁할게. 마지막으로 언젠가의 네가 그 책을 보며 나라는 사람도 있었구나, 한 번쯤은 떠올려줬으면 좋겠어.

너무 즐거웠고, 그보다 더 행복했어.

사랑했어, 많이.

울 수 있는 방법

요 며칠은 그런 생각을 했다.

울 수 있는 확실한 방법이 있을까, 자기만의 방법을 정해놓고 울고 싶을 때 울곤 하는 사람이 있을까.

애정 하는 오휘명 작가님은 글자로 운다는 생각을 하신단다. 정리되지 못한 마음, 청소되지 못한 마음들을 글자로나마 풀어내면 우는 것만큼은 아니더라도 많이 괜찮아진다고. 조용한 바다 앞에서 아무 생각 없이 노래만 듣는다는 해솔이누나도, 일부러 슬픈 영화를 틀어놓고 소리만 듣는다는 가현님도, 울적하거나 먹먹한 감정이 들면 무조건 잠에 든다는 단비 선생님도, 여전히 음악을 만들고 노래를 부르는 경건이도, 조금 더 안아주고 싶었던 그 분까지 모두가 잘 살았으면 좋겠다.

웃고 싶을 때 웃을 수 있고, 울고 싶을 때 울 수 있었으면 좋겠다. 비록 지금은 떠올리지 못한, 나를 챙겨주고 내가 챙겨주고 싶은 많은 사람들이 지금보다 더 각자가 원하는 방향으로 잘 흐를 수 있었으면 좋겠다. 모두가 그랬으면 좋겠다.

그때 참 좋았죠?

이제는 그렇게 생각할 수도 있게 됐습니다. 이제는 말입니다.
짧았다면 짧았고 길었다면 길었을 기간 동안 예쁘게 봐주셔서 감
사했어요. 제게 과분한 정도였습니다. 벅차게 행복했어요.
함께 나눈 대화들과 마주했던 눈빛, 수많은 모습까지 당신에게도
좋은 기억으로 남았으면 좋겠습니다. 앞으로는 더 이상 연락드릴
일 없겠어요.
그래도 우리 참 좋은 계절을 지냈죠, 그렇죠?

외할아버지3

할아버지, 잘 지내지?

나는 여전히 사랑 때문에 자주 웃고, 이미 결말을 아는 영화를 되돌려보며 자주 울곤 해. 이번에는 작년보다 더 늦은 가을에 왔어. 조금 더 시원하고 쌀쌀한 날씨였으면 좋겠다, 그 생각 하나만으로 오늘을 기다렸던 거야. 30분이나 걸으니 땀이 나는 건 어쩔 수 없나 보네.

작년 가을에는 노란 해바라기를 챙겨왔는데, 오늘은 하얀 달리아야. 동글동글한 게 정말 예쁘다, 그렇지? 내가 꽃을 살 나이가 될 때까지 할아버지가 곁에 있었다면 무슨 꽃을 좋아하는지 물어볼 수 있었을까, 그렇다면 매년 매 계절마다 어떤 꽃을 살지 고민할 필요는 없었을까, 그런 생각을 해보기도 했어. 자주 가는 꽃집이 생길 만큼 꽃을 사면서도 이때만큼은 항상 고민하게 되잖아.
저번에는 저 아이였으니 이번에는 이 아이로. 매번 다른 아이를 고르는 것도 일이야 정말. 다음에는 또 어떤 아이일까. 나도 조금 궁금해지네.

요즘은 할아버지 하면 별것들이 생각나. 분유통을 담배 재떨이로 쓰던 모습과, 추수 하다가 함께 메뚜기를 잡아먹었던 기억. 할아버지 자전거 뒷자리 안장에 달려있던 손잡이와, 내가 돌을 맞이했을 때 만들어준 목걸이까지도. 그 목걸이는 끊어져서 반지로 다시 만들어 왼손 새끼손가락에 끼고 있어. 그래서인지 술에만 취하면 자꾸 빙글빙글 돌리게 되더라. 그것까진 잘 몰랐지? 어느새 습관이 되어버렸나 봐. 그러다 잃어버릴까 걱정되기도 하고.

며칠 동안은 나 정말 별로인 것 같다는 생각에 살았어. 나는 왜 이모양 이 꼴인가 그런 생각들. 요즘엔 별것들이 다 보이고 별것이 내 마음에 걸려. 문제는 이걸 어떻게 대해야 할지 모르겠다는 거지. 마음이 약해져서 작은 바람에도 휘둘리게 된 걸까. 잘 모르겠어. 이렇게 살고 있고, 계속 이렇게 살아갈 것 같아, 외손자는.

햇살이 드리우는 자리는 여전히 그대로네. 조금씩 더워지는 것 같으니까 계절이 바뀌거나 생각이 많아지는 날에 다시 올게. 다녀갈 때마다 하는 말이지만, 늘 같은 자리에 있어줘서 고마워. 올 때마다 혼자 와서 혼잣말만 잔뜩 하고 가는 못난 외손자지만, 또 올게.

잘 지내, 외할아버지.
잘 있어, 나만의 대나무 숲.

독백

그 사람이 좋다던 노래 한 곡을 여덟 시간 동안 들으며 당신과 내가 가까워지고 있다고 중얼거리는 것
당신이 서 있던 자리에서 창문을 보며 우리가 같은 시선으로 세상을 바라봤다고 웃는 것
아침에 일어나면 당신 덕분에 열심히 살고 싶었고 밤이면 당신 이름으로 죽고 싶지 않았던 날들

무제10

멀리서 응원할게요

0원

가만히 사진첩을 뒤적여보다가 발견한,
올여름에 다녀온 서울국립현대미술관 관람권

24세 이하 (1)매 0원

왜 무료가 아니라 영원이라고 써뒀을까,
너는 영원히 혼자일 거라고 저주라도 하는 걸까

무제11

나와 취향이 맞는 사람이 있다는 게 얼마나 행복한 일인데요

선물

———

책 선물을 받았다.

선물 받을 걸 미리 알고 있었음에도 선물 받은 책을 직접 손에 쥐어보고 나서야 '아, 내가 누군가에게 선물로 책을 받은 건 이번이 처음이구나.' 그런 생각이 들었다.

요즘은 종이책보다 정해진 요일마다 다른 장르의 글을 받아볼 수 있는 오휘명 작가님의 새 프로젝트인 '모든 것에 대한 모든 것'을 연재 받아 보고 있다. 작가님의 책을 10권이나 갖고 있으면서도 (이번 신간까지 하면 무려 11권이다!) 매달 20편에 만 원, 편 당 오백 원이라는 연재료를 내며 작품을 받아본다는 건 나만의 치료법이라고 생각한다. 마음이 울적한 시간에 휴대폰 상단에서 팝업 형태로 내려오는 알림, '안녕하세요, 구독자님! 몇 번째 글을 보내드립니다.'로 시작하는 편지를 받으면 마음에 금방 힘이 된다는 말이다.

몇 번의 사랑이 있었다. 그럴 때마다 나는 상대방에게 꼭 책을 선물하곤 했다. 책을 읽기 시작한 초반에는 제목이 마음에 드는 책, 내가 읽고 싶었던 책을 선물하다가, 최근 몇 년 전부터 오휘명 작가님의 '서울 사람들'이라는 소설집을 선물하게 되었다. 그것이 오 작가님의 필력이 어마어마하다던가 작품 세계관의 설정이 탄

탄하다던가, 하는 작품 내적의 이유에서가 아니라 그저 내게만큼은 어느 책보다 가장 큰 의미를 담고 있는 책이기 때문이다.

올해 8월에 있었던 휴가 때 서울 망원동에 위치한 작업실 겸 카페를 운영하고 계신 작가님을 직접 찾아 뵙고, 그 당시 마음이 있었던 분께 선물할 '서울 사람들'에게 사인을 받기도 했었으니까. 그때 작가님께선 '좋아하는 책을 선물한다는 건 자신의 세계를 보여준다는 것'이라는 문구로 사인을 해주셨다. 그만큼 나를 알아줬으면 궁금해줬으면 하는 마음에서 선물했던 책들이었겠지.

이제는 그렇게 생각을 한다. 세상에는 온갖 미신들이 있고, 그것을 믿고 안 믿고의 사정은 각자만의 것이라는 걸. 베개를 세워두면 집안에 도둑이 든다든지, 연인에게 신발을 선물하면 바람이 난다든지 하는.

그리고 나에게는 사랑하는 사람에게 책을 선물하면 관계가 끝나버리고 말 것이라는 미신을. 그럼에도 내가 선물한 책은 나대신 그 사람 곁에 남아있으니 그걸로 된 거라며 위안을 삼으려는, 딱 그만큼 약은 사람인 거겠지.

그런 내가 처음으로 타인에게 책 선물을 받았다(휘명님 책을 휘명님께!). 작가님께서 '모든 것에 대한 모든 것' 연재 프로젝트를 신청한 구독자들에게만 미리 보여주고 싶다는 생각에 출판사와 많은 대화를 한 뒤 선물하게 된 이번 신간, '난 여전히 도망치는 중'은 11월 11일 정식 출판되었다.

어느새 내겐 믿고 보는 작가, 애정 하는 작가, 마음을 기댈 수 있는 작가인 오휘명 작가님의 신간을 멀리서 진심으로 응원한다.

정기영

미술의 미도 모르면서 조용하니까 좋다며 미술관 찾아다니는

글에 대한 건 아무것도 모르면서 책을 만들고 싶은

느린 밤 산책을 좋아하는

셋 이상이 함께하는 자리보단 둘을 가장 선호하는

매일 아침마다 골골거리면서 새벽을 가장 좋아하는

하루에 혼자 있는 시간이 꼭 필요한

사진 찍는 일을 좋아하는

그보다 당신 시선이 닿은 물건 찾기를 더 좋아하는

죽었다 깨어나도 '자연스러운 만남을 추구'할 것만 같은

이제는 아니지 않을까 싶다가도 금방 고개를 휘휘 내젓는

말 한마디, 행동 하나에도 실례가 되진 않을까 선뜻 건네기 힘들
어하는

늘 만나던 사람과 만났던 곳에서 익숙한 일들을 하는 것에서 오
는 소소한 만족감을 애정 하는

느리고 여유롭고 잔잔한 분위기에서 대화하는 것에서 풍기는 분
명한 진심을 사랑하는

사랑을 사랑하면서도 어려워하는

사랑에 있어서는 늘 자책하는

울고 싶을 때 울고 싶은

무뎌지지 말고 늘 사소한 것에 감동받으며 살아가고 싶은

한 번 마음에 들인 사람 앞에서는 내가 나일 수 없는

그래서 내가 나일 수 있는 사람 앞에서는 더욱 크게 휘청거리는

꽤 자주 늘 유독 을의 입장인

생일 편지글도 세 번은 쓰다가 지우고 다시 쓰는

사랑하는 계절은 겨울, 그리고 사계절 모두를 타는

내가 조금이라도 더 괜찮은 사람이 되길, 당신이 조금이라도 더

빛나길 우리가 그렇게 각자의 방향대로 행복해지길 바라는 사람.

(중략)

여행

나는 퍼석퍼석한 바게트 빵 같은 사람, 밋밋한 식빵 같은 사람. 하지만 달콤한 딸기 잼 같은 사람, 부드러운 크림 같은 사람인 당신이 내게 있어줘서 내 일상이 조금 더 맛있어질 수 있었던 거라고. 덕분에 내가 그렇게 크고 깊게, 또 자주 웃을 수 있다는 걸 처음 알았습니다. 고마웠어요. 당신과 함께일 수 있었던 순간들이 나에겐 짧은 여행을 다녀온 것 같았다고, 소중하게 여기고 마음 깊숙이 간직하고 있다고 전하고 싶었어요.

나를 스쳐지나간 사람에게 다시 한 번 말합니다.

고마웠어요.

그리고 안녕, 이제는 정말 안녕이에요.

작별

___

어떤 사람들과 어떤 나날을 보내고 있는 소식을 전해 들었습니다. 그게 왜 미안한 일이냐고요? 엄밀히 말하자면, 소식을 '전해 들었다'보단 소식을 '구하러 다녔다'는 게 더 맞았거든요. 그것도 좋게 말해야 그렇게 말한 거고, 아주 나쁘게 말한다면 '뒤를 캐고 다녔다'가 더 맞는 말일 수도 있겠어요. 그런 부류의 사람들을 정말 싫어하신다는 걸 몇 번이고 들어 잘 압니다. 그리고 그 사실을 알게 된 당신이 나를 정말 혐오하게 되는 게 아닐까 하는 겁 때문에, 소중하게 남아있는 추억마저도 망쳐버리게 되는 건 아닐까 하는 미안함 때문에 이런 사과를 건네는데 긴 시간이 필요했는지도 모르겠습니다.

서로 팔로우 되어 있는 인스타그램을 끊어버리던 날, 그래서 더 창피하고 미안한 일이지만, 전화기 화면 속의 당신 얼굴을 쓰다듬었습니다. 익숙하고 따분한 유리의 촉감이 참 차가웠지만 이것 역시 마지막인 걸요. 나는 민폐 끼치는 걸 무엇보다도 두려워하고 부담을 주는 호감은 더는 호감이 아니라고 생각하는 사람인 걸 잘 아시잖아요.

그러니까 이제는 작별이에요.
잘 자세요, 잘 가세요.

2019. 12. 07

———————

좋은 기억들만 가지고 살아요 우리

선물2

여보세요? 응, 응, 바쁘지는 않아. 오랜만에 혼자 대구에 왔어. 전에 넘어가듯 말했던 거 기억하려나, 사회복무하고 있는 어린이집에서 크리스마스 이벤트로 선생님들끼리 마니또를 하거든. 마니또를 공개하는 날에 선물 전달식까지 있어서 그때 전해줄 선물을 준비하러 온 거야. '마니또 선물'하자마자 떠오른 물건이 있었는데 다행히도 대구에 매장이 있더라고? 그래서 바람도 쐴 겸 느긋한 산책도 할 겸 버스 타고 왔지.

인터넷으로 주문하면 될 걸 왜 굳이 대구까지 갔냐고? 나 원래 이런 쪽으로는 변태적인 기질이 있어서 직접 내 손으로 준비하는 걸 좋아하잖아. 아니, 아니, 내가 만드는 건 아니고. 일단 들어봐. 선물을 사는 것부터 전달해주는 것까지 하나하나 내가 다 확인하고 싶은 거야. 물건이라 어감이 조금 그렇긴 한데, 내가 끝까지 모셔오고 싶은 거야.

나만 그런 건가. 내가 사용할 물건이 아니라서 훨씬 더 많이 신경 쓰는 마음. 역시 나만 그런 거야? 택배를 받았는데 혹시라도 물건이 찌그러져 있으면 어떡해? 선물 포장이 찢어져 있기라도 하면? 나는 그런 거야. 차라리 내가 쓸 거였으면 '오는 길에 많이 부딪혔나 보구나.'하며 무덤덤하게 넘어갔을 텐데 말이지.

그런데 이건 내 것이 아니잖아. 누군가에게 선물해주는 거잖아. 언젠가의 글에선 '선물을 해주는 마음으로 그 옆에 앉아도 될는 지요.'라고 쓰기도 한 것 같은데, 이번엔 정말 선물을 하는 거잖아. 대단하고 거창한 건 아니지만 유용하게 써줬으면 좋겠다, 그 마음 하나로 여기까지 온 거야. 누군가는 '기영 쌤, 진짜 정성이 다.'라고 하던데, 나는 잘 모르겠어. 몸이 조금 피곤하더라도 마음에는 이게 훨씬 편하거든. 선물해주는 보람도 있고 말이야. 이것도 역시 나만 그런 건가.

아무튼, 나 이제 백화점 앞에 도착했어. 그래, 이따가 포항 내려가면서 다시 전화할게. 날이 살짝 풀렸긴 해도 겨울이잖아, 감기 조심하고. 그래.

마지막

이천십구 년이 지나가기 전에 마지막으로 산문 한 편을 더 쓰고 싶어 혼자 집을 나섰어요. 오늘은 서울 당일치기를, 이틀 뒤인 일요일부터는 3일 정도 부산에 있을 것 같아요. 나를 아는 사람이 없는 곳에서 홀로 곳곳을 돌아다니며 사진도 찍고, 작은 동네에 숨겨진 독립서점을 찾아 시집도 한두 권 사볼까 하고 있어요. 미술을 모르는 나일지라도 조용하니까 매번 찾는 곳, 갈 때마다 내게 미술은 너무 어렵다고 생각하는 곳인 미술관 구경도 하려고요. 서울, 부산 모두 현대미술관이 있거든요.

며칠 전에는 크리스마스가 있었죠? 저는 그날을 온전히 집에서만 보내고 싶어 이브날 어린이집을 퇴근하자마자 서점에서 장편소설을 한 권, 집 앞 시장에서 귤 한 상자를 샀어요. 과일가게 사장님이 맛보라고 주신 귤을 오물거리다 문득 '아 그때 정말 좋았지' 하는 생각이 드는 거예요. 갑자기 그 말을 누군가에게라도 하고 싶은 거야.

그때 정말 좋았어요. 좋았던 것 같았다, 가 아니라 정말 좋았어요. 낮에는 한 여름의 더운 공기가 가셨고, 서늘서늘한 바람이 부는 밤에는 곁에 있던 사람의 손을 잡고 골목을 걸었어요. 지금은 내 세상을 떠난, 술집에서 소주를 나눠 마셨던 사람. 이제는, 나 그때 정말 행복했었지, 그 정도로 가끔 생각만 해요. 그래도 그 사람,

그 가게, 그때의 새벽 길거리 냄새를 떠올리면 지긋이 웃게 돼요.
소중한 조각들이 됐어요, 나도 모르는 사이에.

당신의 그때는 언제였어요? 그날의 날씨는요? 알고 싶어요. 여기
나 거기나 다 같은 포항이라, 나는 그쪽의 날씨를 그렇게 뻔히 알
지만, 그래도 알고 싶어요. 혹시 곁에 내가 있었나요? 순간이라도
스쳐 지나갔을까요? 알아도 알고 싶어요.
그날의 당신도 나처럼 행복했어요?

닫는 글

벌써 십이월이에요. 원고 작업을 끝내고 '닫는 글'을 쓰면서도 이천십구 년이 끝나간다는 게 믿기지가 않아요. 당신의 올해는 어땠어요? ..역시 내가 먼저 말을 꺼내는 게 조금 더 편하겠죠?

음, 저는 많은 일들이 있었어요. 일월에 훈련소를 다녀오면서 사회복무요원으로 군복무를 시작했고 근무지인 장애인 어린이집에서 소중한 인연들, 닮고 싶은 어른들, 꾸준히 연을 이어나가고 싶은 누나들을 만났어요.

어디 그것뿐일까요, 어려서부터 프로 짝사랑러인 정기영은 올해도 어김없이 한 번의 긴 짝사랑을 했고 짧지만 벅차게 사랑스러웠던 연애 비슷한 것도 했어요. 그 사람을 잃은 당시에는 마음이 크게 무너졌었는데 역시 시간이 잘 해결해준 것 같아요. 그리고 정신을 차리고 보니 제가 책을 만들고 있지 뭐예요? 인스타그램에 무작정 '그럼 내년에 만나요!'하고 글도 올려버렸으니 없던 일로 할 수도 없는 거잖아요. 또 이렇게 큰일을 저지르고 말아요. 나는 항상 이래. 으이구!

아차, 나 혼자만 너무 신났던 걸까요? 그럼 다시 한 번 더 물어볼게요, 당신의 올해는 어땠어요? 나처럼 고마운 사람들을 얻었다거나, 사랑이나 사람에 아파보기도 했을까요? 하고 싶은 일이 있어 숨 가쁘게 달려보기도 하고, 마음에 힘이 잔뜩 들어갈 일이 있었어요?

아무렴 어때요, 나는 당신이 당신만의 템포로 잘 살아가고 있다고 믿는 걸요. 자신의 속도를 잃지 않고 삶을 살아가는 일, 당신은 잘하고 있어요. 진심이에요.

우리의 이천이십 년은 어떨까.

나는 아무래도 바쁘게 살아갈 것 같아요. 복학하기 전에 완성해두고 싶은 여러 공부들, 쉬었던 운동도 다시금 시작해보려고요.

당신도 당신만의 근사한 계획을 가지고 있어요? 당신이 마음속에 품고 있는 게 씨앗이라면 피어나기를, 한 마리의 물새라면 훨훨 날아오르길 바라요. 나를 떠나 까마득히 멀어져서 당신 모습이 눈에 보이지 않더라도, 잘 날아가고 있구나, 무사히 닿았으면 좋겠다, 마음으로 속삭이고 있을게요. 그리고 언젠가는 꼭 다시 만나길 바라요. 나 예쁘게 기다리고 있을게. 얼른, 그러나 다치지 말고 오세요.

나 여기 있을게요.
나 여기 있어요.

2019 정기영